그녀가 꿈꾸는 다락방

그녀가 꿈꾸는 다락방

시집 · 하루愛 박정숙

Prologue

이른 아침 눈부신 햇살이 창문 틈으로 들어오면 내게 주어진 하루라는 시간이 비춰 들어온 햇살만큼의 따스한 하루를 시작하는 아침엔 집안을 가득 채우는 은은한 커피의 내음으로 밤새도록 잠재웠던 생각이라는 주머니와 마음이라는 주머니를 깨우기 위해 투명한 유리잔에 헤이즐 넛 커피를 가득 채우고는 어떤 행복으로 지낼 것인지는 내가 만드는 거니까 아담하게 꾸며놓은 작은 정원에 희망과 사랑 그리고 그리움이라는 나무를 심고 마지막으로 미움이라는 나무를, 정원을 정리 하듯이 하나씩 하나씩 정리하면서 내 스스로를 다독이는 시간입니다.

아침이면 그렇게 시작하는 하루를 보내면서 풀어 놓을 수 있는 이야기 보따리의 다락방을 열어서 꺼내 놓을 수 있는 글을 다듬어 하얀 종이 위에 써 내려가는 기쁨, 행복, 아픔, 외로움, 그리움, 이별, 만남, 우정, 사랑 그 모든 번민들이 내 마음을 대신해서 검정의 먹 색으로 글씨라는 그림으로 그려내 함께 공감 할 수 있는 하루의 일과가 시시때때로 달라지 듯 삶이라는 테두리 안에서 그날그날의 감성에 옮겨 놓은 글들을 함께 느낄 수 있다면 그것으로도 충분히 감사 드리고 싶습니다.

하루愛 박정숙 드림

Contents

chapter 2 사랑과 미움의 인생 이야기

chapter 3 삶이 흐르는 대로

chapter 4 세상은 아름답더라

남겨주신 발자취는 저자의 카카오스토리에 올린
시에 대한 댓글 중 발췌하였습니다.

chapter 1

기억 속의 저편

가끔은 멈춰서서

가던 길 멈추고 잠시
쉬고 싶을 때가 있습니다.

열심히 살았다고 말하면서도
무언가 빈 듯 한 자리가 가끔
가슴 한곳을 후벼 파고 들어옵니다.

나뭇가지 사이로 불어오는
상큼한 바람이 머리를 어지럽히면
가던 길 멈추고 잠시 바람을
온 가슴으로 흡입하며 멈추고 싶습니다.

눈이 부셔 하늘을
바라볼 수 없음에도 그 맑은
햇살이 그리워 눈을 더 크게
뜨고 눈동자에 맑은 햇살을 받아 봅니다.

그렇게 가끔은

가던 길 멈추어서 손 끝으로 느껴보고 싶고

그렇게 가끔은

가던 길 멈추어서 느껴보고 싶고

그렇게 가끔은

가던 길 멈추어서 마음속에

숨겨 놓았던 것들을

다 꺼내어 놓고 싶을 때가 있습니다.

오늘은

햇살이 바람이

그렇게 가던 길 멈추게 합니다.

중년의 사랑은 가슴이 아릴 만큼
더 아픈 걸까
살면서 겪어온 아픔만으로도
더 애틋한 걸까

살아가기 위한 몸부림으로
뜨거운 사랑을 다하지 못한
안타까움으로 더없이 그리운 사랑일까

가을 바람이 불어오면
가슴 앓이를 시작하는 애절함

빨갛게 노랗게 물들어가는 단풍들을
보면서 가슴이 시린 건 외로움에서
오는 것이 아닌 사랑 때문이 아닐까

가슴 절절한 깊은 사랑을 하였든
아픈 사랑을 하였든 행복한 사랑을 하였든

중후한 멋을 아는 중년의 사랑은
더 아름답고 애절하지 않을까 싶다.

아픔과 기쁨과 행복을 알고 있기 때문에
더 깊게 더 애절하게 사랑을 할 것 같다.

다시 중후한 사랑을 하라 한다면
후회 없이 아낌없이
그렇게 사랑을 할 것 같다.

그리움에 물들이다

하늘은 푸르르고
바람은 가슴 시리도록 차갑고
마음속엔 따뜻한 말 한마디가 그리운 날

무엇으로도 채워지지 않는
가슴 한구석에는
수채화 물감을 뿌려 놓은 듯이
그리움이라는
그림으로 채색되어 간다.

요즘 내게 다가온
파란 하늘은 따뜻해 보였었을까
고개를 들고 바라 본
파란 하늘이 오늘은 빙판을
바라 보는 듯이 차갑고 추워 보이는데

누군가

그리움으로 보고픔으로

간절한 오늘 같은 날은 어디로

어느 곳으로 마음을 띄워 보낼까.

파란 하늘에 보내야 할까

그래야 마음 속에서 따뜻한

그리움의 채색으로 물들일 것 같다.

그리움으로 번지다

사는 것이 버거울수록
마음은 그리움 속에서 헤엄을 친다.

좋은 일이 많아 현재의 생활이 행복하면
현실에 충실하다가도
마음이 편치 않을 때엔 추억 속에서

그리움으로 남은 것들을
꺼내어 마음이 함께 움직인다.

그리움이라는
시간 속에서는 행복과 아픔이
함께 공존하며 꺼내어
보고 싶은 것을 볼 수 있어서
얼마나 다행인가 싶다.

마음이 움직이는 대로

웃기도 하고 울기도하면서

그리움으로 번지는 것들을 볼 수 있어서

스스로의 위로를 찾는 것이 아닌가 싶다.

아침 일찍 생각의 저편에서

그리움으로 번진 것들을 찾아본다.

행복했던 순간들의 그리움을…

기찻길 위의 추억

꾸미지 않아도 예쁘고
꿈이 많았던 소녀 시절에
차곡차곡 쌓아 놓은 추억 앨범

그때는 기찻길 철로에서
떨어지지 않기 위해 일자 걸음으로
미스코리아처럼 워 킹을 하기도 했었지

양손을 벌려 중심을 잡는
연습도 하면서 떨어지지 않으려
사뿐히 걸었던 소녀의 모습을 찾아내곤

이렇게 중년이 되어도
그때 그 맘으로 또 걸어보고 싶다.

양손을 올린 채

눈을 지그시 감고 수평을 잃지 않은

감각과 느낌으로 몸을 맡긴 채…

남겨주신 발자취

차우석님

기찻길은 늘 그랬죠
내 멋대로 달려가다 멈추어도
그대로 앉아있던 기차 길

날 웃게 하는

당신의,

웃는 얼굴이 편안해서 좋다.

당신의,

말 한마디로 위로가 될 수 있어서 좋다.

당신의,

작은 배려심이 맘을 따뜻하게 해서 좋다.

누군가로 인해서 웃을 수 있다는

것만으로도 수없이

많은 번뇌 속에서 편안함으로

웃게 하는 당신의 미소가 좋다.

살다 보면 날 웃게 하는

사람이 유난히 그리운 날이 있다.

아무 생각 없이 앉아 생각에

생각의 꼬리를 물고 깊어가는

어느 시점에 다다르면 가끔 그렇게

날 웃게 하는 사람이 떠오를 때가 있다.

따뜻한 마음과 순수한 마음으로

서로에게 웃음을 주는 사람이었으면 좋겠다.

너에게로 가는 길

어디쯤 가야 네가 있을까?

어디만큼 가야 너에게로 갈 수 있을까?

너와 함께 했던

짧은 시간 속에서 나누었던

못다 이룬 이야기 꽃이 아쉬워

너에게 내밀어 놓은

발걸음을 사뿐히 걸어오라 우리들만의

그리움으로 불러주면 안될까?

수많은 노래로 들려주듯이

그렇게 너에게 가는 길이 가벼운

발걸음이라면 얼마나 좋을까…

너의 목소리

뒤돌아 보아도
너는 보이지 않는데 자꾸만 부르는
소리가 메아리처럼 들리 듯

너의 목소리만
귓전에서 맴돌고 모습은 보이지 않아.

한번이라도 다녀가면 좋겠는데
간간히 목소리만 들려오는 거 같아
너도, 내가 보고 싶구나
너도, 내가 그립구나

목소리는
들려주지 않아도 되니까
잠시만이라도
너의 모습 보여주고 갔으면 좋겠어.

나, 잘 지내고 있으니까

너, 걱정하지 말라는

고운 미소 보여주고 가면 좋겠다.

너의 아픔

마음이 아프다는
것을 보이고 싶지 않았는지
네 대신 물방울이 떨어지려 하더라
아픔을 대신 해 주는 것처럼

너의 눈가에 맺힌
눈물이 가슴을 후벼 파고
들어오더니 이내 가슴을 아프게 한다.

그까짓 사랑이 뭐라고,
그렇게 힘들고 아파하면서
그만큼의 대가를 치르고서야
사랑이라는 것이
얻어 질 수 있는 것이겠지만

그렇게 아파하면서

얻을 수 없는 사랑이라면

가슴에서 놓아 주었으면 좋겠다.

또 다른 사랑은

분명 네게 찾아 올 것이니까…

이렇게 크게

내 안에 들어와 있었나 보다

내겐 전부였던 네가

내 마음 속에 지배하고 있었던 너의 의미

그래!

시간이 조금만 더 지나면 너의 의미가

내게 어떤 의미인지 알 수 있겠지

아직은 아파하지 말자

아무 것도 속단 할 수도

판단 할 수도 없으니까 기다리자

나의 의미가, 너에게

어떤 것이었는지 궁금하지만

마음을 다해 믿었고, 의지했었고,

나의 뜰 밖의 모습까지 보여주었던

그 마음이 진실 된 내 모습이었고

내 심장에

아주 또렷하게 박힌 너의 의미는

어떤 것도 대신 할 수 없는 사실이란

것을 보여 줄 수가 없어 안타까울 뿐…

남겨주신
발자취

박영출님
보여줘도 보지 못하는 것이 있고,
보여주지 않아도 볼 수 있는 게 있답니다.
심장은 나를 바라보는 느낌 만으로도 진심을
알 수 있다는 거 모르시나요.
너무 안타까워 하지 마세요.

안녕!

귓가를 간지럽히는 것처럼

살며시 아침 인사를 건네 온다.

그거 알아?

그렇게 아침 인사를 건네오는

한마디가 그날 하루를 내게

다 준 듯한 선물을 받은 것 같아

하루를 시작하는

이른 아침에 생각나는 미소 띤

얼굴이 있다는 것만으로도

기분 좋은 하루를 시작하게 한다는

것을 넌 아마 알 거야~

안녕이라는 그 말 한마디에
다 내포되어 있는 너의 아침 인사는
하루가 힘들지라도 버틸 수 있고

내가 지쳐 쓰러지더라도
다시 일어 설 수 있도록 언제나 힘이
되어 주는, 그래서 넌 내가
쉬어 갈 수 있는 유일한 안식처인
휴식 공간이라는 것을 너는 알 거야

네가 그리우면

네가 그리우면

내 마음에서 눈물이 흐르고

네가 그리우면

세상이 잿빛으로 물들어 버린다.

네가 그리우면

아무 것도 보이지 않고 들리지도 않아

다만, 환청으로 네 목소리만 들릴 뿐...

네가 그리우면

물 방울만 봐도 눈물이 또로롱~

한 방울 떨어질 거 같아.

네가 그리우면

비슷한 사람이 지나가도 다시 돌아보게 돼~

내가 그리우면

나와 똑 같은 마음으로 느낄까

너도 그럴까?

누군가 찾아올 거 같은 망각

작은 공간에서 바라본 넓은 창가
누군가 나를 찾아 올 것 같아
자꾸만 자꾸만 바라보게 되는 창문

시간은 지체 없이 흐름에도
일어나서 나오지를 못하고 우두커니
앉아 수많은 사람들을 바라보고 있다

여러 모양의 연을 하늘 높이 날리는
그들은 무슨 소원을 빌면서 날리고 있을까?

잔디밭에 누워 하늘을 바라보는 저들은
잠시 눈을 감고 쉬고 있는 것일까.

다정히 손잡고 걷는 연인들.

멋있는 장면의 한 컷을 찍기 위해
수없이 셔터를 누르고 있는
사람들은 몇 장의 사진을 건졌을까.

동행 없이 혼자 집을 나서
걸어 다니며 사진을 찍고 표정들을 보고
가을로 물들어 가는 풍경을 보면서

잠시 쉬어가기 위해
임진각 안의 아담한 커피숍에 앉아 혼자라는
것을 망각하고 누군가를 기다린다.

다시 만드는 추억

기억하고 싶지 않은
지나간 추억을 돌아 보는
시간은 이제 그만 꺼내 보고 싶다.

아프고 아팠던 지난 시간
다시 하얗게 피어나게 해 줄
추억 쌓기를 만들어 가고 싶어.

너와 함께 하는 예쁜 시간들을
아름다움으로 가득 채우고 싶다.

이루지 못했던 예쁜 사랑을

용기가 없어 주위에서 맴돌며

애 닳게 하지 않고

너와 함께 마주보며

우리 함께 꺼내 볼

예쁜 추억으로 만들어 가고 싶어.

살짝 질투도 해보고

살짝 미워도 해보고

살짝 튕기기도 해보면서

그렇지만 너무 애태우는 사랑은 싫어.

이제 다시 만들어 볼 거야

너와 함께 만드는 예쁜 추억으로.

오래 전의 추억이다
그때는 한창 멋 부리고
꿈이 많았던 나의 젊은 시절이었다.

두세 달을 일요일은 한번도 빠지지 않고
갔었던 월미도와 송도를 친구와 둘이
다니면서 그곳에서의 추억을 만들었었다.

어느 날은 송도에서
그 친구와 바닷가에 앉아있는데

바다에 있는 큰 배에서
색소폰 연주하는 소리가 은은하게
들려와 그 소리에 매료되어서

한동안 색소폰 연주를 일부러
찾아서 듣곤 했었다.

그때 마음을 온통 휘젔었던
그 소리는 지금도 내겐
그때의 그 추억 속으로 빠지게 한다.

색소폰을 불던 그 남자는 멋있었을까
아주 괜찮은 아주 멋있는 사람이
연주를 했을 거라 생각하고 싶다.

그때의 내 마음속에
담아두었던 그 색소폰의 주인공

온갖 상상으로 한동안
내 마음속에 두었던 그 주인공은
지금도 색소폰을 불고 있을까

멋있는 모습으로…

엄마!

울 엄마 보고 싶다.

엄마 품에서 따스한 밥 먹고

직장 생활할 때 이른 새벽에 출근을

해야 하는 막내딸이 안쓰러웠던 울 엄마

아침이면,

반숙 계란 후라이 두 개와

밀크 커피를 쟁반에 가져와

꼭 먹이고 출근 시켜야 했던 엄마

지금도,

엄마를 생각하면 그 생각이 가장

먼저 떠올라 가끔 눈가가 촉촉해진다.

평상시 잘 안보던 저녁 연속극을

어쩌다가 앉아서 봤더니 하필

그 장면에 MBC 사랑해서 남 주나 에서

중년의 연인이 여행을 가서
남자가 해주는 토스트를 만드는
모습을 보는데 그 장면에
엄마와 계란 후라이가 생각이 나는지
눈물이 핑~ 돌면서
가슴이 왜 이렇게 미여 지는지

엄마!
난 지금도 엄마가 해주던
반숙 계란 후라이와 덜 피곤 하라고
커피를 달콤하게
타주던 그 맛을 잊을 수가 없어

난,
아직도 엄마의 사랑이 그립고
난,
아직도 엄마의 손길이 필요한 거 같아…

오래 묵은

이른 아침이면 빈 여물통에
아버지가 여물을 끓여 주기도 했었던
어릴 적 보았던 모습이 기억난다.

처마 밑에 매달려있던 등잔,
담벼락에 걸려있었던 인두,
석유를 넣고 불을 지피던 호롱불

다 어디로 갔을까?

시간이 지나면서 하나하나
생각나는 것들이 잊히지 않고
그립게 하는 거 보면 우리 세대까지는
아직 오래 묵은 옛 것이 좋은 가보다.

간혹,

누룽지를 끓이던 가마솥과

아궁이에 불을 지피던 풍로와

작은 쪽문의 하이얀 창호지가 있고

안방 아랫목에 작은 다락이 있었고

대청마루에 누워보면 천장에

참새와 제비들이 앉아 있던 전깃줄이

있었던 것들이 그리울 때가 있다.

그래서,

나이를 먹으면서 사라져가는

오래 묵은 것들이

자꾸만 그리워지나 보다.

올 겨울엔 그대와

추운 바람이 불어와

손이 시려와 호호 불더라도

함께라서 춥지 않을 거 같아요.

옷깃을 여 미워 함박 눈이

내리는 날이라도 어깨를 나란히 하고

우산이나 모자를 쓰지 않더라도

함께 걸어가면 하얀 눈꽃이 더

고운 솜사탕 같을 거 같아요.

투명한 유리창에

하얗게 서리가 끼여도

서리가 끼인 유리 창문이 열리지

않더라도 그 서리마저도

함께라서 시리지 않을 거 같아요.

힘들 때 뒤 돌아 보면

항상 옆에서 기댈 수 있도록

버팀목이 되어 준다는

가슴 따뜻한 사람이 있어

함께라서 힘듦이 있더라도

견딜 수 있을 거 같아요.

이 모든 것이

올 겨울엔 그대와

함께라서 그래서 더 행복 할 거 같아요.

잊지 않을게

너의 숨소리와 따뜻함이
아직은 내 안에서 머물고 있어

너와 함께 했던 시간들이
지금도 내겐 흐르고 있어

수많은 시간 속에 우리가 했던
이야기들을 어떻게 잊을 수 있을까

너의 손길의 체취가
지금도 느껴지는데 어떻게 잊겠어

잊지 않을게
너와 함께 했던 소중한 시간들을…

잘 지내고 있니?

가던 길 멈추고 가끔
뒤돌아 보는 나를 넌 알고 있을까?
얼마나 보고 싶고,
얼마나 그리워하며 뒤돌아 보는지 알 거야

행동 하나에,
시선 하나에,
말 한마디에 넌 나의 모든 것을 다
알아 버려서 숨길래야 숨길 수도 없었고

목소리가 심상치 않으면
한달음에 달려와 안아주고 나보다 더
네가 속상해서 눈물을 먼저 뚝뚝 떨구던 너

네가 내 곁을 떠난 지가 몇 년째인데
아직도 놓지 못하고 있는 내가 너무 아파

가끔 이렇게

너와 많은 이야기를 나누기도 하지만

얼마나 더 시간이 지나야 너를 만나지 않을까

그럼에도 불구하고 네가 너무 보고 싶다.

너, 그곳에서 잘 지내고 있는 거지?

남겨주신 발자취

최용문님
놓지마~ 친구는 우리들 맘속에 영원히!
미안해 하지마 친구도 너의 마음 다 아니까!
붙잡으려 하지마 친구의 발걸음이 무거워지잖아
시공을 초월할 수 있는 건 마음! 그런 친구가
바라는 건 친구의 밝은 모습이겠지 그때
달려와서 위로해 준 것처럼 문득 그 친구의
밝았던 미소가 생각나네!

파스텔로 그린 가을

파스텔의 색감을 아시나요?

물감과는 또 다른 색상 크레파스와는

느낌이 다른 감촉으로 파스텔 톤의 그림을

그려놓으면 마치 살아 움직이는 것처럼

입체감으로 보여 만져보기도 하구요.

부러 갖다 놓은 것도 아닌데

가지런히 놓인 예쁜 낙엽을 보면

파스텔로 그려놓은 것처럼 부드러운 거 같아요.

수채화 물감을 뿌려놓은 듯이

그렇게 가을이 익어갈 즈음이면

내 마음은 벌써 파스텔로 그림을 그리기도

하구요.

가루를 내어 그려 보기도 하고

거즈에 묻혀 그려 보기도 하면서

이젤과 스케치북을 들고 멋있게 물들어가는

가로수 길에 앉아 멋있는 풍경을 눈으로

담아 마음으로 그림을 그려봅니다.

풍경 소리

마음을 울리는 풍경 소리

어느 산사에서 들었는지
기억조차 해낼 수 없는 아주
오래 전 기억 속에 묻어있는 풍경소리

신선하고 투명하게 들려왔던
그 맑은 풍경소리는
지금도 가슴에 남아있다

그때 그 소리가 너무 예뻐서
집 처마끝에 풍경소리
사다가 달아놓는다 했는데
아직까지 추억으로만 담고 있는 풍경소리

가끔 그 소리가 듣고 싶다.
가끔 그 맑은 소리가
작은 가슴에 소용돌이 칠만큼
그리울 때가 있다.

바람이 들어오는 현관이나
베란다에 걸어놓고 바람 따라
흔들리는 풍경소리 벗삼아

잠시 생각에 잠겨
예전에 그 소리를 들었을 때
편안했던 것을 생각하면서 마음을
다스리면 좋겠다 했는데
지금도 그 풍경소리는
내 가슴에서만 소리를 내고 있다.

조만간 꼭 사다가 걸어놓고 싶다.
마음을 정화시켜주었던 그때의
그 풍경소리를.

하늘을 보면 더 그리워

맑고 깨끗한 하늘을 보면 더 보고 싶은
그리운 얼굴이 그림으로 그려져 있어
간간히 웃어주는 미소가
하늘에서도 씨익 웃어 주는 거 같아

수줍게 웃는 얼굴
무언가 숨기고 있는 것 같은 얼굴로
안보는 듯 하면서도 세심하게
바라보고 있다는 것을 알아

잔잔하게 출렁이는 파도처럼
가끔 한번씩 그렇게
내 마음 속에 왔다 가는 것처럼
하늘에서도 너의 미소로
웃음과 여운을 주며 파노라마처럼
또 하나의 그리움으로 남겨준다.

남겨주신 발자취는 저자의 카카오스토리에 올린
시에 대한 댓글 중 발췌하였습니다.

chapter 2

사랑과 미움의 인생 이야기

너 무슨 일 있니?

아니 왜?

그냥 느낌이 무슨 일 있는 거 같아서…

참 고마운 사람,

참 사랑스런 사람들

마음이 메말라 가는 정서이지만

그래도 아직은

가슴 따뜻한 사랑을 주고 받는

고마운 사람들이 있어서

가슴 한 켠에 빠알갛게 물들이는

하트 하나를 간직하나 보다.

글에서

전해지는 느낌으로 걱정이 되어

안부를 물어오는 나의 사랑하는 사람들

단시간에 활활 불타오르는

사랑보다는 오래도록 간직할 수 있도록

해주는 나의 고마운 사람아

그 마음 잊지 않을게

늘 마음에서 따뜻한 사랑으로 키울게

괜찮아

괜찮아 질 거야

새삼스럽게 가슴 아플 일도 아닌데

늘 그랬던 것처럼 넌 언제나

네 스스로 치유할 수 있는 방법을

알고 있으면서도 이번엔 좀 시간이 걸린다

바보처럼

많이 힘들었나 보구나

많이 지쳤나 보구나

누구도 대신 해줄 수 없는 삶이잖아

누구도 대신 아파해 줄 수 없잖아

그래 봐야 너만 속 끓이고 아프잖아

늘 하던 대로 넌 아무렇지 않은 듯이

웃고 떠들면 되는 거야

오히려 약 올리는 것처럼

그래도 난 아무렇지 않다는 듯이

늘 하던 대로 하면 되는 거야

네 스스로 괜찮다고 하면서

늘 그랬던 것처럼

나 괜찮아 정말 괜찮아…

그래요, 그것이 사랑인 거 같아요

마음을 다해 진실로 사랑했는데
그 마음을 알아 주지 못하면
상처는 오히려 더 커버리죠.

밉다기보다 그 사람의 흔적을
느낄 때 마다 오히려 더 가슴이 아프죠
그것이 사랑인 거 같아요.

목소리조차 들을 용기를 못 내는
그 목소리에 울음이 터질 거
같아서 들을 용기를 못 내는
그것이 사랑인 거 같아요.

가만히 하늘을 보다가도,
예쁜 꽃을 보다가도,
맑은 새소리를 듣다가도
그가 생각이 나서 눈가에 눈물이 고이면
그것이 사랑인 거 같아요.

사랑이 그런가 보더라고요.

내 마음 내가 어쩌지 못하는…

나이를 먹어가면서 할 수 있는 것은

감정을 남들이 알아 차리지

못하게 조금 감출 수 있다는 것뿐

그것이 사랑인가 싶어요.

남겨주신 발자취

우림맘(시냇가에심은나무)님
그렇지요~그게 사랑이네요~조금씩 감추고
숨기는 요령이 늘고 있을 뿐 감정은 늘
그렇게 소용돌이치며 흔들어 대고 있는 게지요.

가정의 달 5월이 되면
가슴 언저리부터
아려오면서 뭉클해진다.

가슴에 달아 드렸던
빠알간 카네이션을 바라보며

내 새끼들이
달아주어 좋다고 싱글벙글
웃으시던 그 미소가 그리워진다.

자그마한
꽃 바구니 조차도
무용지물이 되어버린 카네이션

하얀 병동의
침대 옆에 놓아드려도
못 보실 울 엄니는

꽃이 시들지 않은
작은 바구니의 카네이션을
한번만이라도 보실 수 있을까

당신의 미소를 닮은 카네이션을…

매력적인

수줍은 듯 미소가 환하게 번지고
고운 입가에 살짝 눈웃음으로 보이고

수줍은 얼굴로 웃는 날은 고운 미소로
여성스러움과 사랑스러움이 물씬 풍기고
당차게 웃는 날은 의외의 소탈함이 묻어나고

어느 날은 조용하게
어느 날은 당차게
어느 날은 우울하게
어느 날은 환하게 웃는 모습에서
다른 분위기를 볼 수 있다는 그녀
그렇다고 순수하다고도 할 수 없는,

살짝 웃었을 뿐인데

그녀 자신도 모르는 눈웃음을 짓는다네

천상 여자라는 말을 듣기보다

당참이 넘친다는 말을 듣기를 원하는 그녀

무엇을 하든 소심한 태도보다 당차게

밀고 나가는 성격을 가지고 싶어하고

완벽한 성격을 가지고 주위를 피곤하게

하는 것 보다는 약간의 부족함이 있더라도

편안하게 다가 갈수 있는 그녀

그 모든 것 들이 당차 보이고

매력이 있는 그녀가 되기를 원하면서

까만, 밤 하늘에 말을 할까
아니면 별 보며 말을 할까.

네가, 보고 싶다는 말을
어느 곳에도 할 수가 없어
안타까운 마음만
그리움으로 더욱 물들어 간다.

이런 내 마음
넌, 그곳에서 알 수 있을까?

마음 속에서 메아리를
치며 불러 보아도 돌아 오는 건
멀어져 가는 기억 뿐.

보고 싶다고 말을 하면

언제든지 올 거 같았던

네가, 대답도 없이 눈 앞에서만

아른거리는 너의 모습

어떻게 해야

너를, 보고 싶다는 말에 와줄래?

사랑 | 간절함

사랑 당신이 아니면

안 될 것만 같은 간절함

그랬다 나는...

풋풋했던 그 시절에 그랬었다.

그 사람이

아니면 안 될 것 같았던 사랑

그 사람이라면

행복할거라 믿었던 사랑

알고 했을까 사랑이란 것을

단지 좋아한다는 이유에서만 이였을까

값지고 소중한 사랑이라는 것을

너무 우습게 보았던 건 아니었을까

사랑 그 깊이를 알 수 없는 사랑 앓이

당신이 아니면 안 될 것만 같은 간절함

그 깊이를 헤아리지 못하고 있는

애절함일까 아니면 애증일까…

사랑스러운 여자야

그거 아시나요?

당신 참 사랑스러운 여자야 라는

한마디로 그 여자는 사랑스러운

모습으로 변하려 노력하고

당신 참 괜찮은 여자야 라는

한마디로 그 여자는 정말 괜찮은

여자가 되기 위해 나를 만들어 가며

당신 참 멋있는 여자야 라는

한마디에 자신의 외향적인 모습을

다시 한번 돌아보며 내향까지

멋있는 여자가 되기 위해 노력합니다.

당신 참 마음이 고운 여자라는

한 마디에 잠시나마 삐뚤어진 마음

다잡으려 한다는 것을.

그 여자는

자신의 내향적인 모습까지 사랑스런

여자가 되기 위해 자신을 다듬어요.

사랑스런 여자를 만드는 건

당신의 말 한마디로 자신의 모습을

거울에 비추며 그런 여자가 되기 위해

노력 한다는 것을 모르는 남자

당신은, 일탈을 꿈꾸는

여자의 마음을 알아차리며 사랑스러운

여자로 태어나게 해줄 수 있나요?

가까이 가면 멀어지고
거리를 두면 가까이 다가오는 사랑

사랑 앓이를
얼마나 더 아파해야
내가, 당신을
당신이, 나를 편안하게 바라볼까

내가 다가 가는 것 보다
당신이 서서히 다가왔으면 좋겠어

활활, 타오르는
장작 불 보다 불씨가 남아
온기로 전해지는 것처럼
그렇게 따스하게 오래도록
지속되는 사랑으로 다가와 주면 좋겠다.

이제서야 사랑이라는

그 깊이를 가늠할 수 있을 것 같아

다시 첫 발을 내 딛는

순수한 사랑처럼 다가와

반짝이는 보석처럼 빛을 내주면 안될까?

사랑은 늘 가슴이 아파 와서

저만큼 밀어냈던 것을

이제는,

고운 빛으로 빛을 내어 보고 싶다.

어린아이 같이

왜 자꾸 확인 하려 해?

그냥

듣고 싶으니까

사랑한다는 말이 듣고 싶을 뿐이야

사랑이 식었을까

사랑이 변심 했을까 하는

그런 조바심이나 불길함이 아니야

사랑한다는 말

얼마나 예쁘고 아름다운 말이야?

그래서 사랑한다는 말

그 말이 듣고 싶을 뿐이야

소중한 사람에게

“사랑해” 라고 말해주면

다시 듣고 싶어 또 물으면

“사랑한다 구~” 라고 할 때

심장이 콩닥콩닥

띄는 두근 거림이 좋으니까…

서로 조금씩만
더 가까이 가면 볼 수 있는
사랑하는 마음을 애써 감추려 하더라고요.
제 마음부터요.

사랑하는 마음은
누구를 상관하지 않는
사랑 글 그대로의 사랑이라는 말을
나는 너무나 불건전한
시각으로만 보면서 살지 않았나 싶어요.

사랑은 마음을 함께 나누는
것 만으로도 충분한데 말이죠.

이렇게 예쁘고 아름다운 말을
혹시 내가 사랑한다고 하면
다른 뜻으로 받아들이지 않을까
하는 염려를 했던 내 자신이
참 모자라 구나 싶네요.

무한한 사랑을 나눌 수 있다는
생각을 아주 극한적으로만
하고 있었다는 바보였네요.

쑥스러워 못했고 오해할까 봐 못했던
사랑해 사랑합니다.
이제 그런 못난 생각을 버려야 할 것 같아요.

그대를 사랑합니다.
당신을 사랑합니다.

이렇게 아름다운 말을
다른 시선으로
다른 마음으로
느끼고 바라보면서 해야겠어요.

사랑해
사랑합니다.

아버지의 자리

어디에서, 어느 곳에서
우리를 바라보고 계실까

일년에 한번 오늘만이라도
아버지의 목소리라도
들을 수 있으면 좋겠다.

유유히 흘러가는
시간 속에서 변화는
우리들의 모습을 보고 계실까

아버지가 앉아있던
그 자리에 앉아 계시는 듯

지금 내게 조용히
스며드는 듯한 아버지의
숨소리가 느껴 지는 것 같아.

아주 가끔은

수줍은 모습의 여인보다
아주 가끔은
발랄하고 상큼한 여인이고 싶고

소녀같이 앳된 모습보다
아주 가끔은
사랑스런 모습의 여인이고 싶다.

조용한 모습의 여인보다
아주 가끔은
적당히 수다스런 여인이고 싶고

수수한 모습의 여인보다
아주 가끔은
지적이고 도도한 여인이고 싶다.

중년의 나이가 되었지만

그래도, 아주 가끔은

우아한 모습의 여인보다

섹시~한 여인이고 싶을 때가 있다.

아픔보다 더 너를

너를 사랑하는 것이 아픔보다
더 힘들다면 그 아픔까지도 감수해야겠지

사랑을 얻기 위해서는 그만큼의
대가를 치르게 하고 얻어지는 것이니까

사랑이라는 건
그냥 얻어지는 것이 아니야

아픔을 겪고 나서 다시 사랑이라는
감정이 그리워질 때는 아픈 가슴이 치유되고

아픔으로 멍들어있는 자리는
너를 사랑하면서 다시 채우면 돼

사랑이라는 건

아픔으로 얼룩져있는 상처를 어루만져

줄 수 있을 때 다시 사랑을

시작 할 수 있는 거니까.

우산 속에서

우산 속으로 살짝 들어와 봐
어서 들어와 봐

도란도란 속삭이는 소리
텀벙텀벙 고여 있는 빗물을 밟는 소리
또록또록 우산에 떨어지는 빗소리

가만히 귀 기울여봐
그가 내게 뭐라 속삭이는지
사랑한다고 좋아한다고
아니 그가 내게 이렇게 말한다.

빗소리에 너의 어지러운
마음도 같이 보내버리라고

그리곤
차분한 마음으로 바라보라 한다.

살아온 세상이 쉬운 것이 있었냐고
잘 견디고 다독이며
내 것으로 만들며 살아온
시간이 아깝지 않느냐고 속삭인다.

세상이 보이는 투명한
우산 속에서 그가 나지막이 속삭인다.

"너를 위해 이 비는 내리고 있는 거야"

우산 속의 또 다른 나

하얗게 지새운 잠 못 드는 밤에
비는 크게 소리를 내며 내리기도 하고
조용한 소리로 숨죽이며 내리기도 하네

울다 지쳐 쉬어가며 울고 있는 듯
그렇게 밤새 슬프게 내리고
모두가 잠든 새벽에 우산을 들고
밖으로 나가 빗속을 걸어본다.

살며시 미소 지으며 웃는
우산 속의 또 다른 내가 되어
고요한 개천 길에 두어 개 켜져 있는
가로등 불빛 많이 길을 밝혀주고 있고

가로등 불빛에 보이는 빗줄기가
새벽녘에는 슬프게 보인다
비를 맞아주는 이 없는 모두가
잠든 시간이어서 였을까

우산 속에서 바라보는
비 오는 날의 수채화는 그렇게
시시각각 변하는 모습으로
우산 속의 또 다른 내가 비 요일의
일기장에 그림을 그려 넣은 밤이었네…

잡힐 듯, 잡을 듯

손에, 잡힐 듯 하면

가슴에, 넣을 듯 하면

도리어 멀어지려 하고

손에, 넣은 듯 하면

가슴에, 담은 듯 하면

만져지지 않고 원을 그리며

주위만 맴돌고 있는 것 같아

다가가려

손을 내 밀면 잡을 듯

하면서도 선뜻 잡아 주지 않고

한 템포 늦추며

적정한 거리를 유지하고

마음을 비우려

한 발자국 물러서면

또다시,

손을 내미는 듯이 다가오는

밀고 당김의 묘한 감정

잡힐 듯,

잡을 듯한 아쉬움을

내려놓으면 더 가까이 다가오려나…

남겨주신 발자취

곽호성님

미묘한 밀고 당김의 거리가 있어
오히려 상큼한 관계를 유지할 수 있는
것이 아닐까요?

커피일까 사랑일까

쓰지만 향이 그윽한 커피가 그리운 오늘
늘 찾던 아주 연한 커피보다
향이 진한 커피가 그리운 날

사랑이 고픈 건가

저 사진을 보면서
풋~~~ 웃음이 나오는 건 뭔지
커피하고 사랑이 무슨 의미가 있는 것일까

원두커피를 다른 날보다 훨씬 진하게
타서 음미하는데 생각 나는 건
사랑이 아닌 아~ 왜 이렇게 쓴 거야

몇 모금 마셔보니 고소한
맛이 입안에서 감도네

사랑이 고픈 건 아닌 것 같아
사랑이 생각나는 것도 아닌 것 같아

커피는 커피 그 자체 만으로도
여유로움과 생각할 수 있는 시간과
마음을 진정시켜 줄 수 있는 것 같다.

현관 앞에 놓여진
작은 티 테이블에서
풀 냄새와 새들의 합창소리를 들으며
여유롭게 마시는 커피가
내겐 가장 큰 여유로움이다.

사랑
그거 아닌 것 같아

하루 愛의 사랑

사랑해 너무 사랑해~

언제부터인가

마음 중앙의 뜨거운 열정이

식어버린 듯한 차디찬 서리꽃처럼

시린 가슴만 남아있는 것일까

아니 아직은 아니라고 가슴이 말한다.

부인하고 싶지 않은 내 안의 메아리

아직은 식지 않은 마음

언제까지나 유지하고 살아 갈 수 있겠지!

마음속의 거울을 보고

하루에 한 번씩 소곤소곤 되뇌어본다.

사랑해~

횡~하니 허허벌판처럼 황량한

가슴으로 만들지 말자

수평선 너머에 보이지 않는

끝없는 바다처럼 넓고 깊은 만큼

사랑도 그렇게 무한한

가슴을 지니고 있으면 좋겠다.

그대,

쓸쓸한 가슴에 어루만져

줄 수 있는 온화한 나의 마음을 느껴 봐

외로운 가슴에 따뜻한 어깨를

기댈 수 있는 내 작은 어깨 빌려줄게

웃음을 잃은

얼굴에 환하게 웃을 수 있는

해피 바이러스(Happy Virus)에

감염 될 수 있는 나의 미소를 바라 봐

힘들어하는 지친 마음에

행복으로 자라는 꽃씨 하나 놓고 올게

어때? 생각만으로도

그대 마음 따뜻해 지지 않았니?

행복!

그건 내 마음속에서 늘 자리하고 있는데

그대가 자꾸만

멀리서 찾으니까 못 느끼는 거야~

불행하다는 것은 내가 만들어내는
나의 질책이고 수렁에서 빠져 나오지
못하기 때문에 행복하지 않다고
스스로 마음을 닫아 버리는 거 같아요.

힘들더라도 사람은 분명
그 힘듦 속에서도 행복은 자리하고
있다는 것을 뒤 늦게야 깨달아 지더라고요.

흔들리는 마음

바람 결이

침묵해 있는 나를 깨운다.

강한 파도는 마음을

움직이지 못하고

오히려 숨어버리게 만들지만

잔잔한 파도는 마음을

표현하도록 하는 거 같이

마음 속에서도 바람이

꿈틀거리려 아주 작은 미동으로

심장이 뛰고 있다는 것을 느낀다.

사랑도 아픔도 그리움도

아닌 실바람으로

불어오는 바람결에 마음이 흔들린다.

이렇게 작은 것으로 흔들리는

마음이 이 가을엔 바람마다

다른 느낌으로

파동을 일으킬 것 같다.

남겨주신 발자취는 저자의 카카오스토리에 올린
시에 대한 댓글 중 발췌하였습니다.

chapter 3

삶이 흐르는 대로

가을비

소리 없이 내린 가을비

젖어 들지도 않을 만큼 내리고

아쉬웠을까

예쁘게 물든 단풍들을 떨구어

내기가 가을비도 아쉬웠나 보다

겨울을 재촉하기 위해

내리는 비는 주춤거린다

사람들의

아쉬워하는 시선을 의식한 채.

그래~

조금 더 있다가 내렸으면 좋겠다

아직은 가을 이를

조금만 더 붙잡고 싶어

아직 가을 이와

이별 연습을 안 했거든……

남겨주신 발자취

별님

가을비 오면 안 되는데 바람 세게 불어도
안 되는데 난, 아직 단풍도 다 안 봤는데
벚 꽃잎 단풍도 참 예쁘거든.
오늘 강변을 달리는데 참 곱더라
비 오고 바람불면 다 떨어 질 텐데…
어쩌나?

겨울의 마지막 몸부림

흐린 하늘에 안개가 자욱이
낀 것처럼 흐려 있는 날씨가
아무 것도 보지 말고
오롯이 느낌으로만 느껴보라 한다.

공기와 바람은 차가운
느낌만 느껴보라는지
살갗을 여미는 매서운 바람으로
옷가지 속으로 파고 들어온다.

떠나기 전 마지막 몸 부림으로
사람의 체온을 느끼며 그 감촉을
잊지 않고 가져 가려는지
여미는 옷깃으로 바람이 되어 들어온다.

또 다시 돌아와 옷 깃을 여미게
할거면서 시샘을 부린다.
따스한 체온을 잊지 않기 위해
마지막 몸부림으로 앙탈을 부리는 듯 하다.

그 곳에 묻어 든 그리움

발자취가 그대로 남아 있는

진한 향기가 묻어있는 그 곳에

그리움과 희석해 놓은 여운이

바람이 불면 부는 대로,

비가 오면 비가 오는 대로,

햇살이 좋으면 좋은 대로 전해온다.

푸른 물결에 파도가 일렁이는

소리가 그리움이란

소리로 속삭이듯 들리는 것 같아.

바다 길 열리어,

그리움 찾아 가는 길에 풍차의

바람 소리가 휘리릭~ 휘릭

돌아가는 소리를 가만히 들어보면

우리들이 묻어 두었던 추억이

바람 소리에 들려온다.

그리움 찾아 혼자 떠난

바닷가에서 너무도 아름답게 펼쳐진

잔잔하게 드리워진 파아란 물결에

오히려 시린 외로움까지 묻어 오는 것 같아.

까맣게 그을린 피부

하얀 이를 내놓고 웃는
그을린 얼굴이 더 매력적인 거 같아

한마디 한마디에 미소 짓는
표정이 더 나를 편안하게 해주더라.

고른 치아에 입 꼬리 살짝
올라가며 보여주는 잠깐의 미소 속에는
편안하고 수줍어하는 표정을
잠깐 아주 잠깐 보았어.

너무 수줍어하는 거 같이
보여서 순간 웃음이 나오더라.

새까맣게 그을려서 싫다고 하는
그 피부 매력 있는데 하얀 이
내놓고 웃을 때 참 멋있어.

가끔 귀여운 표정으로 생각이
나기도 하니까 그냥 웃어주면 돼…

누구나 아플 때는

아무도 없는

텅 빈 곳에 혼자 남아있는

것처럼 몸서리처지는 아픔과 외로움

누구나

아플 땐 외로움을 느끼고

혼자서

감당 해야 하는 아픈 몫이야

아파해 줄 수도 없고

아파해 달랠 수도 없는

그래서 아플 때는 더 외로운 것이다

무엇으로 위로가 될까

무엇으로 치료가 될까

아픈 것보다 더 아픈 건

가슴속으로 밀고 들어오는 외로움인 것을

메
아
리

불러봐도

    불러봐도

돌아 오는 건 메아리뿐…

기다려도

    기다려도

돌아 오는 건 메아리뿐…

부르지나 말걸

차라리 그리움으로 두었더라면

다시,

내 목소리로 되돌아 온

메아리가

더 큰 울림으로

간절하고 애절한

소리로 들리지는 않았을 텐데…

물 흐르듯이

어떤 관계가 중요한 것이 아닌
너와 나여서 우리여서
좋은 인연으로 살았으면 좋겠다.

자연스럽게 흘러가는
맑은 시냇물이 비 오는 날이면
흙탕 물이 되었다가도

더 넓은 곳으로 흘러가면서
시간이 지난 다음 자연스럽게
강과 만나 더 큰 곳으로 흘러가
작은 것들이 만나 융화가 되듯

우리도

그렇게 작은 인연들이 모여

어떤 일이든 억지로 되는 일 보다는

시간이 지나면서 자연스럽게

맺어지는 인연 이었으면 좋겠다.

인연이란 것은 억지로

맺어지는 것 보다는 물 흐르듯이

잔잔하게 고요하게 흘러야

맺어지는 인연이

오래도록 함께 하니까.

남겨주신
발자취

박진수님
물이란 거스르는 법이 없어
보배로 울게 많더랍니다. 이르신 대로
자연스레 아래로 또 낮은 곳으로
흘러가며 작은 인연들 모아
큰물 되게 해야겠지요.

물안개

하얀 안개가 자욱이 드리운
강가 어느 곳에 놓여 있는 벤치에 앉아
너무 고와 손에 잡히지 않는 안개 속에서
조용한 정적을 깨우는
구두 소리만 뚜벅뚜벅 들려 오는
내 발자국에 리듬을 맞춰보고 싶기도 하고

아담하고 한눈에 들어오는
예쁜 호숫가에 open하지 않은 작은
테라스가 있는 카페에 앉아
서서히 물안개가 걷히며 동이 틀 무렵
가슴 가득 담아와 또 한동안 그렇게
잊고 살다가 한번씩 가슴에서 꺼내어
또다시 그리워지고 가고 싶어질 만큼
물안개와의 고요한 만남을 갈망한다.

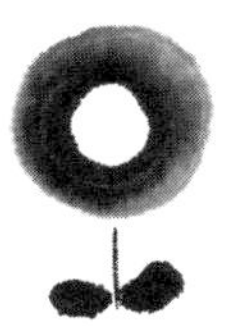

바다가 그리운 여인

찰랑찰랑 거리는 소리와

비릿한 바다 내음이 그리워서

떠나 온 을왕리와 선녀 바위

하늘과 맞닿은 수평선 너머에

내 작은 꿈 보냈었는데

혹시나,

내게 전해 주지 못한 소식이 있을까

다시 찾아온 마음의

고향같이 편안하게 해주는 이곳이 좋다.

맑은 유리창 뒤로 발코니에

놓인 예쁜 티 테이블에 앉아

사랑 이야기도 괜찮고

우정 이야기도 괜찮고

둘이 마주 앉아 이야기를 나누면 좋겠다.

따뜻한 봄 날에

하늘하늘한 예쁜 원피스를 입고

발 코에 놓인 티 테이블에

바다를 그리워한 여인은

눈으로 그곳에 이름을 새겨놓는다.

바다가 그리운 여인이 봄 날에 다시 오마 라고…

밤 비 내리는 소리

고요함을 깨우는 빗소리가

심장까지 흔들어 놓는지 호흡이

가 파지더니 밤 비 내리는 소리가 쓸쓸하다.

베란다 창에 기대어 작은 화분들에

떨어지는 빗방울과

커다란 나뭇잎에서 떨어지는

빗방울이 처량한 밤 비

그래서일까

이 밤에 내리는 빗줄기가

쓸쓸하게 들려오더니 온몸으로

느껴오는 전율도 쓸쓸한 느낌으로

조용히 내게 찾아 들어오나 보다.

한참을 바라보고 서 있어야 하는데

쓸쓸함, 고요함이 느껴지는

빗소리가 서글프게 들려오는 것 같아

밤 비 내리는

이 빗소리가 오늘은 아픈 소리로 들린다.

남겨주신 발자취

박영출님

밤 비는 언제나처럼 가슴을 물 머금은
스펀지로 만들어 버리죠.
그땐 그냥 그대로 두셔요
가슴이 힐링하는 시간이랍니다.

불씨

얼음장처럼 차가워진 가슴,

무엇이 그렇게 너를 시리게 만들었을까

시린 가슴 따뜻하게 해 줄

불씨 하나 살짝 올려 놓아 줄게

언제나 그랬던 것처럼

다정한 모습으로 웃어 주고

따스한 마음이 느껴지는 모습으로

다시 돌아 올 수 있도록 해줄게

情(정)이 많아

사람들에게서 많은 사랑과 관심을 받았던

그 모습,

그 마음으로

다시 돌아 갈 수 있도록

나의 불씨 나눠 줄 테니 사랑 받았던

너의 모습으로 돌아가기만 하면 돼.

꼭~ 꼬오옥~

은은하게 따뜻하게 잘 보듬어 줘

불씨가 꺼지지 않도록……

비가 그리움 되어

비가 이렇게 내리는 건
당신이 나를 너무 보고 싶어해서 일거야

비가 이렇게 내리는 건
내가 당신을 너무 그리워해서 인 거야

그가 조용히
내 그리움에 속삭인다.

그리움,
비 되어 내리는 건 내 마음이야

비가 내리면

하염없이 비가 내리는 날엔
누군가를 만나고 싶은 간절함이 있다.

누군가와 함께 우산을 쓰고
빗소리를,
음률의 소리로 들으며 걷고 싶은 사람

하나의 우산 속에서
허리를 감싸고
그윽하게 바라보는 분위기에 젖어

그가 바라보는 눈빛에
가슴이 콩닥거리는 소리가
빗소리에 의해
그에게 들키지 않을 수 있을까?

비가 내리면 감성에

폭~빠져 이루지 못한 사랑처럼

그렇게 누군가를 그리워하게 된다.

빗속을 둘이서

빗 방울 떨어지는 소리

또오옥 또로롱~

우산 위에 이름을 새긴다.

나 '비' 라고……

우산을 간지럽히듯

살포시 내리는 빗 방울에

내 마음도 함께 실어

두 근 거리는

심장 소리를 빗소리에 담아서

부끄럽지 않게 숨기고는

이 비엔 혼자가 아닌

둘이서 예쁜 우산을 쓰고

허리를 감싸 안은 채 걷고 싶다.

빗물을 머금고 있는 세상

내리는 빗물에
온 세상이 다 촉촉하게 젖어진다!
사물들에 닿는 빗줄기가 마치
내 온몸으로 전해지는 듯이 시려옴은
비와 한 마음이 된 것일까

비를 너무나 좋아한다지만
이렇게까지 비와 한 몸이 되어
빗물의 시려옴이 느껴지는지

어떤 날은
비가 눈물이 되어 내 마음에도 내리면
누군가 보고 싶기 도하고
누군가 그립기도 하게하는 비…

정말 이상해

왜 그렇게 비에 강한 집착을 보이는지,

이상하지

왜 그렇게 비만 보면 변덕스런 기분이 되는지

그래도 난

온 세상을 온 사물을 적셔주는 비가 참 좋다.

젖어있는 모든 것에

물방울이 떨어질 듯 안 떨어질 듯

매달려 있는 것을 보면

그 빗방울 속에서 잠시 아름다운

상상의 나래이션으로 세상을 들여다본다.

빗물을 머금고 있는 세상이 그래서 참 좋다.

사각사각

낙엽이 떨어진 길가를

걷다 보면 말라 비틀어 지기전의

낙엽들이 참 곱다

밟기도 아까울 만큼

고운 색으로 바람에 날아 다니는

저 잎새들은 누구 발에

밟히며 사각사각 소리를 낼까

다 마른 다음 바람에 밀려

한쪽으로 쌓여 있으면

일부러 밟고 지나가기도 한다.

그 소리가 듣고 싶어서

사각사각~~~

남겨주신 발자취

Susanna님
설엔 낙엽 밟는 소리가 사각사각
하나 봐요 이쪽 대구엔
부시럭 부시럭 하는데요.

삶이 달달할 때

달달 한 삶을 살고 싶다.

막대 사탕 입에 물고

달콤한 맛이 입안 가득 한 바퀴 돌아

온몸으로 전율이 퍼져 침샘을 자극해

달달 한 달콤함이 감도는 맛과

삶에 달달 함의 맛이 같지 않을까?

아픔을 알아야

행복할 때 그 행복이 얼마나 소중한지

몇 배로 느낄 수 있는 것 같다.

아픔을 아니까 얼마나 힘든지 아니까

그렇게,

행복을 느낄 때 놓치지 않아야

아픔이 찾아 들면 달콤함의

달달 함을 기억해 지킬 수 있지 않을까…

적막한 밤에 들리는 소리라곤
파도 소리와 빗방울 떨어지는 소리 뿐

자그마한 섬에 인적이라고는
찾아볼 수도 없는 깊어 가는 밤

어부들은 고된 삶의 터전에서
하루를 부둣가에 그대로 벗어놓고
피곤함에 지친 몸을 아무 미동도 없이
새벽녘까지 세상 모르고 하루라는
시간을 내려놓는다.

마치, 단막극의 인생극장처럼~

지쳐 쓰러져버린 그 고요함의
적막함을 깨버린 도시 여자의 반칙

아니 어쩌면 바다 한가운데 서 있는
어선은 이 불빛이 반갑기도 하고
따스하기도 한 그리움이 아닐까

섬에서 바라보는 어선의 느낌은
그들과는 다른 시선으로 본다.

정말 미안하게도 내겐,
그 불빛이 은은하고 예쁘게 보이는
빨간 등대의 불빛처럼 따스하게
섬 안에서 또 다른 섬의 등대처럼
감성을 자극하고 있다.

쉿, 들리나요

소리 없이 다가 오더니
귓속 말을 속삭이는 그 사람
있잖아! 난 당신이 참 좋다.

그러면서도 선뜻
다가오지 못하는 순수한
마음이 그대로 전해진다.

연인보다는 친구로
지내는 것이 더 재미있고
오랫동안 만남을 유지하고
유쾌할 것 같다는 그 사람

부담 없이 편하게
아주 오래 전부터 만났던 친구처럼

들리나요?

내 마음도 그렇다는 것을.

보고 있기만 해도
미소를 머금게 하고

힘들 때 목소리만으로도
힘이 되어주는 비타민이 되어 주고

따뜻한 차 한 잔이
그리운 날 같이 하고 싶고

비 오는 날 함께
우산을 쓰고 나란히 걷고 싶고

마음을 다잡지 못하고
방황할 때 말 한마디가 도움되고

텅 빈 가슴 채우려
무언가를 잡고 싶어 할 때
다가와 잡아 주는 따뜻한 손

그런데,

그렇게 모든 것을 다 해낼 수

있다고 말해 주는 사람보다

흠잡기 좋아서 시시콜콜 트집만

잡으려 하는 사람들이 더 많아지고

내 마음이 편치 않다고

모든 것들을 다 바라보면

그렇게 상심한 마음으로

바라보는 모든 것들을 지속한다면

어쩜 좋아!

그 모든 것들이 다 밉게 보이면

어디에다 마음 붙이고 살래?

하늘을 날아 오르면

세상이 달라 보이는 줄 알았어

그런데,

아무 생각이 안 들고

하얀 뭉게 구름만 보이더라

일탈을 벗어나

새로운 곳에서 숨을 쉬면

가슴 가득

또 다른 삶의 질이 채워 질줄 알았어

낯선 곳에서

낯선 사람들과 함께 거닐며

그들의 이야기 소리에 귀를 기울여본다.

그들도

나와 똑같은 생각을 하는 거 같았고

그들도

나와 같은 고민을 하는 거 같았고

그들도

삶을 재미있게 살아가는 방법이

없는지를 이야기하고 있더라.

여행을 하고

시야를 넓히고 돌아와도

좋은 생각이 머리에 들어오질 않아…

남겨주신
발자취

LP Music Bar 딱정벌레성명진 님
생각도 좀 쉬어야죠.

김영재 Drkim 님
늘 그렇게··

중년의 멋과 삶을 찾아서

세상이 필요로 해서 살아 온 삶
울타리라는 가족을 위해서 살아 온 삶
열심히 살아 온 인생의 반을
이제는 쉬어가기 위해 세상 밖으로
곁눈질 해보며 발을 내 디뎌
가고 싶은 곳으로 떠나 본 세상엔
아직도 보아야 할 것도 알아야 할 것도
배워야 할 것도 너무 많더라

방향을 잃어 가야 할 곳도 잊고 잠시
주춤하며 서있는 이곳에서 무언가에
이끌려 가는 것이 아닌
내 마음이 나서고자 하는 곳으로

어느 곳을 가든 삶의 이정표도 없이
꿋꿋하게 살아 왔지만 이제는 어느 곳을
가든 방향 키가 있으면 좀더 편하고
안정적으로 살았으면 좋겠다는 마음으로
바라본 표지판 앞

가는 곳마다 인생의 지침서 같은 글이거나
삶을 열심히 살아온 중년의 어깨에
중압감을 덜어주는 따뜻한 글로…

멋있고 열심히 살아줘서 감사하다는
응원의 메시지와 산 정상에서 내려다보면
끝없이 넓어 보이는 세상에는
당신의 열정이 함께 숨 쉬며 살고 있다고…

진한 삶의 향기를 마시다

삶에서 느껴지는 진한 향기를
느끼지 못했던 하루하루를
다람쥐 쳇바퀴 돌듯이 똑같다고 했던
지난 시간들 생각해보면 그건
내가 만들어 놓은 울타리였다.

넓은 세상을 바라 볼 생각조차도 안하고
우물 안에 갇혀 사는 물고기처럼
누가 가두어 놓은 것도 아닌데
스스로 가두어 두고는 가슴만 치고
답답해하며 아무런 느낌도 아무런
향기도 마시지 않으려 했었다.

삶의 향기가 이렇게 다른데

매일매일이 다른 향기를 전해주는데

그것을 깨닭기까지 참 많은

시간을 아무런 감정 없이, 느낌 없이

한숨만 몰아 쉬며 여기까지 돌아온 시간들이다.

조금 더 일찍 관심 있게,

조금 더 일찍 둘러보았더라면 하는

생각이 들기도 하지만 지금이라도

느낄 수 있는 이 삶을 참 고마워해야겠다.

진한 삶의 향기가

코끝으로 전해오는 이 느낌이 참 좋다.

촛불 켜는 밤

아무런 생각도 들지 않고
그저 담담한 마음처럼
편안한 분위기로 이끌어 주려 했었는지

고요한 밤의
흐름을 깨뜨리고 싶지 않아
켜 놓은 작은 불 꽃에
스며 들어 가는 무념무상(無念無想) 들

은은하게 달아 오른 불 꽃
은밀하게 스며들게 하려는 불 꽃

어떠한 갈등도
어떠한 번뇌도
작은 불 꽃에 다 태워 버린 것처럼
이 작은 불 꽃에서도 마음을 비우게 한다.

흐린 날에 보내는 편지

맑고 청아한 날에는
안부의 글로 편지를 띄워본다

단아하게 써 내려간
몇 줄의 글로 미소를 짓게 한다.

잘 지낸다고
가슴으로 써 내려간 투명한 몇 줄의 글

하늘이 회색으로 물든 날에는
그리움으로 보고픔으로
정착하는 곳 없이 백지의 편지로 띄운다.

비가 올 것 같은 흐린 날에
뿌옇게 보이는 가시거리 안에 누군가가
기다리고 있을 것 같아

편지를 기다리기라도

한 것처럼 간절히 원하면

기다리던 편지가

올 것이라고 믿는 소녀 같은

마음은 나이를 먹어도 변함이 없네.

남겨주신 발자취는 저자의 카카오스토리에 올린
시에 대한 댓글 중 발췌하였습니다.

chapter 4

세상은 아름답더라

그대 곁에 머물고 싶어

살다가 힘이 들 때면
잠시 쉬어 갈 수 있는 편안함

잠시 멈추었을 때
나를 바라볼 수 있는 여유로움

결코 혼자 세상을
살아갈 수 없음을 알게 해주는 따뜻함

수많은 시련과
수많은 아픔을 견디며,
햇빛을 막아 주기도
그늘을 만들어 주기도 하는

그렇게 서서히
넓은 마음을 가질 수 있게 해주는
그대 곁에 머물고 싶어

그림자처럼 언제나
내 곁에 있어서 당연하다고 생각했어

어디를 가든 나와 함께
해주었던 날이 살아온 시간과
똑같이 흘러가고 있어서 의식하지 못했어

누군가를 기다리고
바라보는 시선에도 함께 했었지

먼산을 바라보며 회환으로
가슴이 먹먹할 때도 그랬고
가슴 시리도록 허한 가슴
끌어안고 있을 때도 늘 곁에 있었지

아프면 아픈 대로
슬프면 슬픈 대로
기쁘면 기쁜 대로

웃으면 웃는 대로
그리우면 그리운 대로
눈물이 나면 눈물이 나는 대로

오감을 자극하면서 같이
해주었던 지난 시간들에 흔들림
없이 함께 해주었지

수많은 시간을
내 곁에 있어줘서 고마워…

앞으로도 부탁해
어떠한 일이 있어도 변함없이
내 곁에 있어 줄 거지

늘 나와 함께 해준 하루애(愛)야
내 곁에 있어줘서 고마워…

내 인생에 희망이 되어줄 한마디, 힘내

가장 힘들고 어려울 때
그리고 용기가 필요할 때 누군가
힘내! 라는
말을 한마디만 해준다면

그 한마디로 인해서 많은 용기를
얻을 수 있다면 수없이 하더라도
말해주고 싶습니다.

우리는 서로를 격려하고 위로하고
힘을 실어 주어야 할 때
힘내!
라고 따뜻한 말 한마디 건네 줄줄
아는 사람이기를 간절히 바래봅니다.

누군가 절실하게 용기가
필요할 때 손을 내밀면 따뜻한
가슴으로 안아주는 사람이
당신이었으면 좋겠습니다.

힘내! 라는 말 한마디가
지금 절실하게 필요한
당신에게 해주고 싶습니다.

말 한마디에 용기를 얻어 새로운
일을 자신 있게 해나갈 수 있다면
수없이 반복하더라도 말해주고 싶습니다.

힘내세요!

마음이 아름다운 사람은
내가 아닌 네가 좋은 일이 있어도
내 일처럼 기뻐하는 것이 친구이듯이

어떠한 일의 흐름을
내 생각대로 판단해서 오해를 하는
짧은 생각을 가지고 있는 사람보다는
깊은 생각을 할 줄 아는
현명하고 지혜로웠으면 좋겠고

나와 연관이 되어 있지 않은 일에
어떤 말을 들어도 근거 없는
소문만으로 말을 옮기지 않는
사람이 흔들림 없이 너를 지켜주듯이

나,

그렇게 살고 싶다.

네가 잘되면 내 마음도 좋아 라고……

남겨주신
발자취

candy미경님
내 맘도 그런데 청춘 시절에는 부럽기도
질투 나기도 했는데 나이를 거듭 할수록
아량이 생기는 덕인지 네가 잘되면
내 마음이 정말 좋아요.

달콤한 유혹

무관심 속에 달콤한 유혹

보고 싶다고

말하면서도 무관심한 척하는 사람

무관심을 가장해

질투로 자극하는 포장된 유혹

한 숟가락의 설탕이 몇 곱절

부풀어 오른 솜사탕처럼

달콤한 맛으로 유혹을 하면서도

무관심을 앞세워 다가오는

달콤한 유혹을

뿌리치지 못하는 여심의 마음

유혹은 그렇게 무관심을

가장한 채 내 앞까지 성큼 다가와 있다.

달콤한 유혹으로 빠져 들어 가볼까?

도로 위의 반딧불

하늘을 나는 아주
작은 불빛들이 자유롭게 춤을 춘다.

수없이 많은
반딧불처럼 반짝이는 등불들이
자유롭게 날개도 없이
내 시선에 따라서 날아 다닌다.

외곽순환 도로를 달리는
자동차 안에서 보이는 수많은
가로등들이 가는 길마다
반딧불의 빛으로
길을 열어 주는 것 같다.

곱다,
정말 아름다울 만큼 곱다.

까만 밤 하늘에 동동

떠다니는 반딧불 같은 등불이

닫혀 있던 마음까지도

열어 주는 듯 따스하게 느껴진다.

차가 와 졌던

마음과 쓸쓸했던 마음,

그리고 고독이 밀려오던

어두운 그림자마저도

녹여 주는 듯 따뜻하게 쓸어 내려준다.

마음 향연

청아한 하늘 아래
자연을 벗 삼아 거닐어 보는 여유로움

산으로부터
내리부는 바람에 길게 들이
마시는 산뜻한 공기로 가득 채우고

다시 들여다 보는
맑은 호숫가에
비친 또 다른 하늘이 보이면

맑지 못했던 마음이 비춰진 채
호숫가에서 나의 반쪽 그림자를 보이며

청초한 마음으로 보듬도록
쓰담 쓰담 해주는 향연으로 초대해 볼까.

목련 꽃을 기다리며

추운 겨울에 꿋꿋이 잘
버티며 따뜻한 햇살에 나뭇결이
살아나는 듯 푸른빛을 살짝
띄어주더니 기다리는 것을 아는지

하얀 순백색의 꽃을
오래도록 봉우리 속에 머금은 채로
하루하루 보내고 있구나.

흐드러지게 피어 오래 가지도
못한 너의 운명이 너도 안타까운가 보다
그러니까 이렇게 애를 태우며
나올 생각조차 안하고 있는 것 같아.

아름다운 너의 모습을 너도
맘껏 보여주고 싶을 텐데 겨울 내내
온갖 몸부림으로 꽃을 보여주기 위해
견디었을 텐데 꽃망울을 터트리기가
그렇게 힘이 드나 보다

꽃이 피면 그 아름다운

모습에 내가 마음껏 너에게

취해 눈이 부시도록 바라봐 줄게

나의 이 간절한 마음이

너에게 전해지도록 사랑하는

마음으로 너를 바라봐 줄게

이제는 그 봉우리에서 깨어나

살짝 이라도 피어났으면 좋겠다.

너의 활짝 핀 꽃을 기다리며…

민들레 홀씨 되어

바람이 불어오면

하나 둘씩 날아가는 민들레 홀씨

노란 예쁜 꽃잎이 다

지고 나면 곱게 만들어지는

홀씨가 안쓰럽기도 하고

한편으론 부럽다.

어디론가 날아가 다시

자리 잡아 예쁜 꽃을 피우기까지

바람과 햇살과 비와 함께

날아다니는 홀씨 위에 살포시 앉아

함께 세상 구경 떠나고 싶다.

홀씨 위에 앉아

사람 사는 세상과 식물이 사는 세상

그리고 자연이 주는

이렇게 예쁜 세상을 구경하면서

반만 남아있는 이 홀씨의

반쪽들은 어디로 날아갔을까

나도 데려가지

나도 세상 구경하고 싶다.

바람

후~

불어주면 날아가 잠시 쉼을 하는 곳

후~

불어주면 가고 싶은

곳으로 날아 갈 수 있는 곳

바람 결에 잠시 마음을 맡기고

살며시 눈을 감고 떠나본다

어느 곳으로 제일 먼저 갈까?

바람은 말이 없다

내가 가고 싶은 곳으로

어디든 데려다 줄 것처럼.

그렇게 잠시 정착해서

그곳의 풍경을 마음 속에

그림을 그려 넣고

그리운 이에게 편지를 써놓고

또다시, 바람이

후~ 하고 불어주면 다시

제자리 돌아와 하얀 종이 위에

그림과 글을 넣고 보내 주고 싶다.

후~

하고 불어오는 바람으로…

바람으로 리듬을 타는

가녀린 꽃 잎으로
이 바람을 견뎌내는 벚꽃은
리듬을 타는 것일까?

바람에 몸을 맡겨 흔들리는
모습 조차도 안쓰러워 보인다.

내 마음을
며칠째 흔들어 놓고
감탄사를 자아내게 하더니

넌,
바람 앞에서 아무런
대책 없이 흔들리고 있는 거 같아

그것마저도

내게 보여주는 호수 위의

발레리나처럼

넌 춤을 추고 있다고 말할까?

그런데 어쩌니

그럼에도 안쓰러워 보이는 걸

남겨주신 발자취

초심으로님
바람에 헐떡대는 벚꽃?

청람이기영님
바람 앞에 부자연스런 몸짓

밤새도록 내린 하얀 눈

하얀 눈꽃 세상의 아침을 맞이하게
해주는 순백의 아름다움으로
맘껏 빛을 내고 있는 하얀 눈꽃

타지에서 눈이 왔다는
소식이 가끔 들려오면 살짝 그립게도
하더니 온 마을이 새하얗게
맞이하는 창문 밖의 눈꽃세상

그렇게 밝던 가로등이
하얗게 빛을 내는 눈꽃 세상에서
하얀 눈꽃과 함께 더 빛을 발하고 있다.

새하얀 눈꽃 세상 속으로
들어가 손바닥만한 눈사람이라도
만들어 살짝 눈이 쌓인
빨간 열매들이 주렁주렁 달린
버찌 나무 밑에다 놓아주어야겠다.

서로 예쁘게 어울릴 것 같아
벌써 상상 속에서
눈사람을 만들고 있네.

밤새도록 하얀 눈이 소복하게
쌓인 이른 새벽의 공기가
온몸으로 고스란히 느껴진다.

새들의 노래

참 좋다아~

이 소리 무슨 새 소리 일까?

이따금씩 들어보지 못한

새소리가 아침 잠을 깨운다.

창문을 열어보면

우리 집 나무들에서 나는 소리인지

길 건너 소나무에서 나는 소리인지

알 수 있는 근거리에서 합창을 하고 있다.

낯 설은 새소리에 현관 문을 열고

나무에 앉아 있는 새들을

보기도 하는데 아주 작은 새가 너무

곱고 예쁜 노래 소리로 아침 잠을 깨운다.

그 작은 몸집 어디에서
그렇게 아름다운 소리를 낼 수 있을까.

기분 좋게 만들어 주는 노래 소리에
함께 흥 얼 거리며 노래를 부르게 된다.

이른 아침을 고운 노래 소리로
행복한 하루를 시작하게 해주네…

서리 꽃

예쁘고 고운 단풍들을
다 떨쳐내고
하얀 서리 꽃을 피우기 위해

몸 부림을 치고, 만들어
볼 수도 없는 서리 꽃 보다
더 고운 꽃이, 이 겨울에 있을까.

나무 가지 위에서,
빛이나는 집을 짓고 한동안
사람들을 즐겁게 할
하얀 눈꽃 세상에 있는 서리 꽃

차가움 보다 따스한 솜털처럼
부드러워 보여
만져보고 싶은 충동을 억누르고

감히 손을

댈 수 도 없을 만큼 순 백색의

서리 꽃을 이 가슴 속으로 넣어 놓는다.

황홀함에 잠시 빠져

그저 바라만 보고 내 안에 간직해야겠다.

세상이 회색 빛으로

푸른 빛으로 보이던 세상이
회색 빛으로 물들어 보이고

환하게 미소 지으며
바라보던 예쁜 색들의 시선이
곱지 않은 듯 회색 빛으로
느껴지며

가슴 한구석에서 뜨거움으로
몸부림치던 희망이라는 단어조차도
회색 빛으로 물들어 버린 날

가슴에 와 닿은 예쁜 글들
조차도 회색 빛으로 맴돌고

그윽하게 바라보던 사랑스런
아이조차도 회색 빛으로 빛을 잃어버리고

그 회색 빛이 그리 싫지 않은
짙은 안개 속에서 밝은 빛을 찾아
조심스럽게 걷고 있는 것 같이

회색 빛에서 찾고 있는
희망이라는 빛을 가슴 가득히
담아내려 했던 날

소슬바람

초록의 나뭇잎이
잔잔한 바람에 흔들리는 것도
얼마 안 있으면 천연의 색으로 물들어

가슴이 또 얼마나 시리고 아플까
잔잔하게 불어오는
바람이 피부로 와 닿는 것을
벌써부터 피부가 감지하고 있다.

가을 바람은 시린 가슴을
부여 잡게 하고 유난히 외로움으로
가슴을 더 쓸쓸하게 한다.

가을!
올해는 어떤 느낌으로 어떤 마음으로
내게 파고 들어 올지 기대를 해본다.

비록~

쓸쓸함과 외로움 그리고 아픔으로

해마다 겪으면서 보내고 있지만

또 다른 느낌으로

내게 와줄 가을을 기다린다.

소슬 바람 불어오는

가을의 외로움과 쓸쓸함의 문턱에서…

어둠 속에 가둬 버린 굴레에서
아무것도 보지 않으려 했었나 보다.

이렇게 고운
무지개 빛으로 물든 하늘을,
무지개 빛으로 물든 마음을,
무지개 빛으로 물든 얼굴을
보여주고 느끼게 해주려 왔나 보다.

네가 보지 못한 아름다움은
무한한 가능성과
무한한 사랑은 얼마든지 있다는
것을 알려주기 위해서 내게 왔나 보다.

미로의 길에서 발버둥을 치고 있었던
그 길을 벗어나기 위해
고운 색깔의 꿈과 희망 그리고
사랑이 혼탁하게
물들어 병든 것처럼 시들시들 하더니

예쁘게 채색된
일곱 빛깔 무지개가 마음과
생각에서 다시 곱게 채색을 한다.

아무것도 없는 벽에
예쁜 그림으로 가득 채워지는 것처럼
가슴에도 예쁘게 피어날 꽃처럼
수줍은 듯이 그림을 그리고 있다.

유혹

그윽한 눈빛으로

은은한 눈빛으로

내게 눈빛을 주지 마세요.

사랑스런 눈빛으로

갈증의 눈빛으로

내게 속삭이지 마세요.

속삭이듯이

간질이듯이

내게 가슴을 두근거리게

하는 눈빛을 보내지 마세요.

가슴을 설레게 하지 마세요.

마음을 아프게 하지 마세요.

내게 달콤한 유혹을 하지 마세요.

Coffee

그런 친구가 있습니다.

바라만 보아도 정이 가는 친구

말 한마디에

따뜻함이 묻어나고

많은 대화가 없었더라도

느낌으로 알게 되는 친구

표현을 잘 하지 않으면서

많은 것을 읽어내는 친구가 있습니다.

항상 조심스러워 하며

상대를 먼저 배려하는 친구

늘 보고 읽고 있다

하면서 응원한다고 하는 친구

그러면서

대신 아파해 주는 것 처럼
대신 속상해 하는 것 처럼
대신 울어 주는 것 처럼
대신 화 내는 것 처럼
당신은 그렇게 든든한 친구입니다.

느낌만으로 전해지는
감정에 무슨 일 있냐며 걱정해 주는 친구

따뜻한 마음 그대로
전달이 되는 당신은 참 좋은 친구입니다.

이 친구
평생지기 친구로
영원히 함께 해도 아깝지
않을 당신은 내게 그런 친구입니다.

창문밖에 비가 내리고

창 밖엔 비가 내리고

방울방울 떨어지는 빗방울엔

그리운 이름들 하나씩 새겨볼까?

차가운 유리창에 떨어지는

빗방울은 차갑지도 않은지

잠시 머물러

여유로움을 만끽 하는 것 같아

그래도 좋단다.

뭐가 좋은지 부딪히며

통통 튀더니 떼구르르 굴러간다.

바닥으로 톡톡~ 떨어지는

빗방울 속에서도 작은 물 방울들이

나뉘어 서러움으로 바둥거리는 거 같아

조금 더 유리창에

영롱하고 예쁜 모습으로

사람들 눈에 오래도록 보이고

싶은 마음이 소녀 마음 같을 거야.

친구야 힘내! 내가 있잖아

너에게 가장 필요로 하고
네가 가장 듣고 싶어 하는 말

그래~ 그건
너를 응원하고 믿어 주는 말
"친구야 힘내! 내가 있잖아"
그렇지?
우리 서로 그러면서 살자~

너를 만난 건,
내게는 상큼함이었고
가끔은 안부가 궁금한 친구이기도 했어

너를 만난 후,
가끔 그 웃음과 장난스러움과 놀림이
어쩌면 내게 너를 더 편안하게
마주 할 수 있게 해 준
너의 배려였는지도 모른다는 생각이 들었어

네가 어디서 있든

네가 어디서 무엇을 하든

넌 내가

무한으로 응원하는 기운을 느낄 거야

네가,

늘 내게 응원을 하듯이

네가 어디에 있든

내가 응원하는 거 잊지 마.

우린 친구이니까

넌 내 친구이니까.

코스모스의 수줍음

하늘을 바라보는 작은 꽃잎들이 부끄러운 듯이
연분홍색을 띄우며 활짝 웃고 있는 너

뜨거운 햇빛에도 하늘을 바라보며 언제나
활짝 웃는 얼굴로 사람들의 발걸음을
멈추게 하여 여유로움을 주는 너

바람이 불어오면 가녀린 몸으로 살랑살랑
흔들며 사람들을 유혹하여
발걸음을 멈추게 하는 너

비가오면 온몸으로 비를 맞으며
누가 바라보지 않는다고 서러워
눈물 떨구는 것처럼 보이는 빗방울이
너의 마음을 알아주기라도
하듯 방울 방울 맺혀있는 너

너의 그 온몸으로 느끼면서 내게 보여주는

아름다움으로 행복하고 마음이

여유로워짐을 너는 알고 있을까

잔잔한 파도가 일렁이는 것처럼
푸른 물결이
하늘에서도 넘실넘실 춤을 춘다.

고개를 뒤로 젖히고 올려다 본 하늘
아니 거꾸로 서서 내려다 보는
바다의 모습을 하고 있는 파아란 하늘 같아

하늘색의 솜사탕과 연분홍색
그리고 하이얀 솜사탕을 마치 하늘에
던져 놓은 듯한 몽실몽실한
솜사탕으로 만들어 진듯한 하늘을
손의 감촉으로 느껴보고 싶다.

아무 무늬 없이 밋밋한 하늘도
먹구름이 잔뜩 끼어 있는 하늘도
우리들의 시시때때로 변하는 감정처럼

하늘도 그렇게

가끔 변화를 꿈꾸고 있는 것 같아

하늘을 바라보게 하기 위한 바라기처럼

하얀 목련이 필 때면

하얀 꽃잎을 드리우고플 텐데
기다리는 이들 애간장 태우고
나오려 하는지 봉우리를 꾹 다문 채

몇 날 며칠을 들여다 보는
마음을 목련은 알고
있으면서도 시치미 뚝 떼고 있다.

활짝 피기까지 기다리지도 않아
살짝 반만 보여줘도
감탄을 하며 손으로 만지기도
아까워 눈으로만 바라 볼게

먼 곳에서도 눈에 띌 만큼
화려하게 꽃잎으로 유혹을 하더니
시샘이나 받은 듯
너무 일찍 떨어지는 분신의 꽃잎을
투명한 끈으로라도 붙들어 메어놓고 싶다.

날이 밝으면 봉우리 하나쯤
살짝 벌리어 새하얀 꽃잎을 보여주려나.

한결같은 사람

한결같이 늘 똑같은 사람
언제 만나도
어떤 모습으로 만나도
지켜봐 주고 기다려 주고
먼 길 돌아 다시 힘겹게
제자리 돌아오더라도 반갑게 맞아주며

함께 걷다가도 옆으로
이탈을 해보고 잘못된 길임을
알고 제자리 찾아와도
웃으면서 반겨주는 사람

살짝 오해가 있어서
삐친 마음에 서운해 확인조차
해보지 않고 혼자 방황하다
돌아올 곳을 비워두며 기다리고

내 마음 같지 않다고

훌쩍 떠났다가 생각난다며

눈시울 적시고 뒤돌아보았을 때

그 자리에서 기다려주는 든든한 사람

어떤 이야기를 해도

어색하지 않게 같이 웃어주며

너스레를 떨어주는 센스도 있고

술잔을 기울이며

히죽히죽 웃으며 푼수 같아 보여도

눈시울이 붉어져 눈물이 뚝뚝

떨어지더라도 등을 토닥여주는

가슴 따뜻한 사람

늘 한결같이

그렇게 가슴 따뜻한 사람이고 싶다.

햇살을 머금은 꽃잎

하얀 속살을 다 들어내 놓고
누구를 그렇게 유혹을 하는 건지
맑은 햇살아래서 투명하게
너의 모습을 다 보여주는구나.

나 여기 있어요.
예쁘게 피어있어요 하는 것처럼

몇 개 달리지도 않은
꽃들 중에 유난히 맑은 모습으로
눈에 띈 너의 모습이
내 마음을 다 훔쳐가더라

애처로울 만큼 몇 개 달리지
않아서 더 곱고 더 예쁘게 보인다.

파란하늘에 보인
꽃잎이 투명하게 보여서
네 속마음을 들킨 것처럼

수줍은 미소를 하고 있는
너의 그 예쁜 꽃잎이 내 마음속에
들어온 너의 향기로 가득 채우련다.

초판 1쇄 인쇄일 2014년 08월 29일
초판 1쇄 발행일 2014년 09월 12일
지은이 박정숙
펴낸이 김양수
편집디자인 김지현
펴낸곳 도서출판 맑은샘
출판등록 제2012-000035
주소 경기도 고양시 일산서구 중앙로 1456(주엽동) 서현프라자 604호
대표전화 031.906.5006 팩스 031.906.5079
이메일 okbook1234@naver.com
홈페이지 www.booksam.co.kr
ISBN 978-89-98374-79-2 (03810)

「이 도서의 국립중앙도서관 출판시도서목록(CIP)은 서지정보유통지원 시스템 홈페이지(http://seoji.nl.go.kr)와 국가자료공동목록시스템(http://www.nl.go.kr/kolisnet)에서 이용하실 수 있습니다.
(CIP제어번호: CIP2014025794)」